Prix : 50 centimes

EN VENTE : 33, RUE DE BEAUNE, ET A LA LIBRAIRIE DE JOEL CHERBULIEZ, 33, RUE DE SEINE.

Paris. — Typ. Rouge frères et Comp.

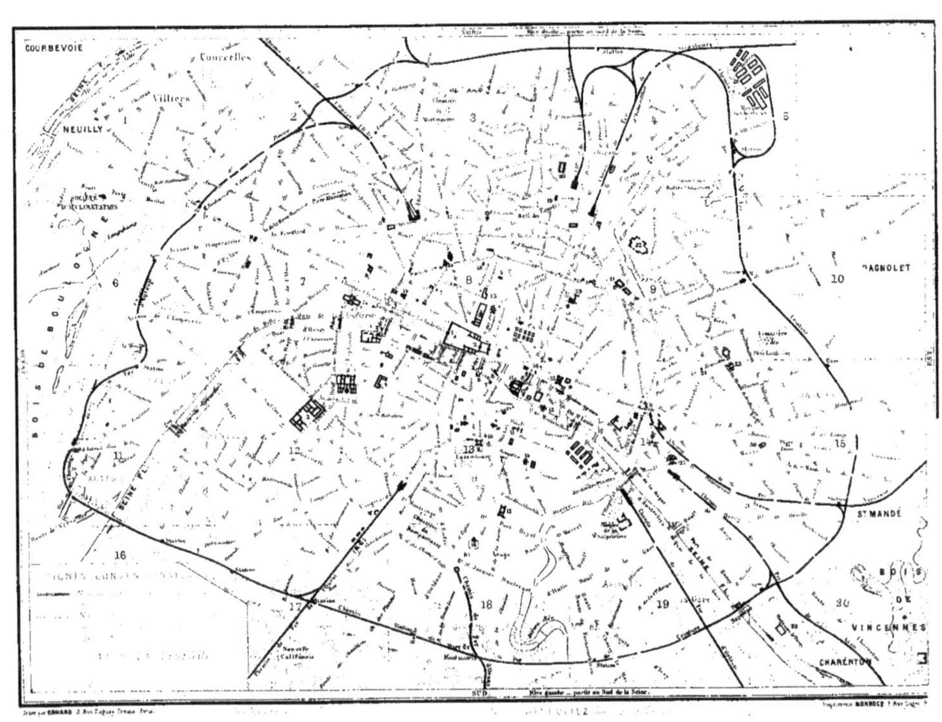
NORD
COURBEVOIE
Courcelles
Villiers
NEUILLY
BOIS DE BOULOGNE
BAGNOLET
ST MANDÉ
BOIS DE VINCENNES
CHARENTON
Luxembourg
SUD
Rive gauche _ partie au Sud de la Seine.

LÉGENDES

DU PLAN DE PARIS

LETTRES CONVENTIONNELLES

(B) Brûlé ;	(P.B.) Partie brûlée;
(E) Endommagé;	(C. B.) Criblé de balles.

RIVE DROITE

1. Palais des Tuileries (B.).
2. Palais du Louvre (P. B.).
3. Palais-Royal (P. B.).
4. La Bourse.
5. Nouvel Opéra.
6. Église de la Madeleine (E.).
7. Colonne Vendôme (renversée).
8. Palais de l'Élysée.
9. Arc de triomphe (E.).
10. Palais de l'Industrie (E.).
11. Église Saint-Augustin (E.).
12. Église de la Trinité (E.).

13. Église de Notre-Dame de Lorette.
14. Ministère de la marine.
15. Bibliothèque nationale.
16. Halles centrales (C. B.).
17. Église Saint-Eustache (E.).
18. Opéra-Comique.
19. Église Saint-Vincent de Paul.
20. Hôpital Lariboisière (E.).
21. Caserne du Prince-Eugène (E.).
22. Hôpital Saint-Louis.
23. Prison de la Roquette (E.).
24. Statue du prince Eugène (retirée).
25. Hôtel de ville (B.).
26. Tour Saint-Jacques (E.).
27. Prison Mazas.
28. Caserne Napoléon (E.).
29. Conservatoire des Arts et Métiers.
30. Hôpital Sainte-Eugénie.
31. Marché aux bestiaux.
32. Magasins de Bercy (pillés).
33. Ministère des finances (B.).
34. Place de la Concorde (E.).
35. Porte Saint-Denis (E.).
36. Porte Saint-Martin (E.).
37. Théâtre de la Porte-Saint-Martin (B.).
38. Église Saint-Laurent (E.).
39. Mairie du Ier arrondissement (E.).
40. Théâtre du Châtelet (P. B.).
41. Théâtre-Lyrique (B.).
42. Caisse municipale (B.).
43. Assistance publique (B.).

44. Mairie du IVe arrondissement (P. B.).
45. Magasins-Réunis (E.).
46. Théâtre des Délassements-Comiques (B.).
47. Mairie du XIe arrondissement (P. B.).
48. Colonne de Juillet (E.).
49. L'Arsenal (B.).
50. Salpêtrerie (B.).
51. Grenier d'abondance (B.).
52. Gare de Lyon (P. B.).
53. Mairie du XIIe arrondissement, et église de Bercy (B.).

RIVE GAUCHE

1. Ministère des affaires étrangères (E.).
2. École militaire.
3. Invalides.
4. Corps législatif (E.).
5. Caserne d'Orsay (P. B.).
6. Palais de l'Institut.
7. Hôtel de la Monnaie.
8. Église Saint-Sulpice.
9. Palais du Luxembourg (E.).
10. Théâtre de l'Odéon (E.).
11. Musée de Cluny.
12. Palais de Justice (B.).
13. Notre-Dame.
14. Panthéon (E.).
15. Val-de-Grâce.
16. Observatoire.
17. Halle aux Vins (P. B.).
18. La Légion d'honneur (B.).
19. Conseil d'État et Cour des Comptes (B.).
20. Caisse des Consignations (B.).
21. Embarcadère de l'Ouest (E.).
22. Manufacture des Gobelins (P. B.).
23. Embarcadère d'Orléans (P. B. et E.).

DÉTÉRIORATIONS

PAR INCENDIES ET PROJECTILES.

Viaduc du Point-du-Jour jusqu'à Auteuil.

Maisons des boulevards Excelmans et Suchet.

Maisons du rond-point de l'Étoile et de l'avenue de la Grande-Armée.

Porte Maillot et approches de la porte d'Auteuil.

Maisons vers le débarcadère du Point-du-Jour; gares d'Auteuil et de la porte Maillot.

Rues Royale, Boissy-d'Anglas, de Lille, du Bac, de Sèvres; carrefour de la Croix-Rouge; rue de Grenelle; quai Le Pelletier; rues du Louvre, de Rivoli; avenue Victoria; rues de la Tacherie, de la Coutellerie; boulevard Sébastopol.

Rues Saint-Martin, Saint-Bon, Pavée-au-Marais, Saint-Antoine.

Place de la Bastille; boulevard Beaumarchais.

Rues de la Roquette, Saint-Sabin, de Charenton, de la Cerisaie; place de l'Arsenal; boulevard Bourdon; quai de la Contrescarpe; place Mazas; quai de la Rapée; boulevard Mazas.

Rues Traversière, Lacuée, de Lyon, des Terres-Fortes, Sedaine, d'Aval, Amelot; boulevard Richard-Lenoir.

Rues Saint-Sébastien, Oberkampf, d'Angoulême, de la Folie-Méricourt; quais de Jemmapes, de Valmy.

Rues du Faubourg-du-Temple, de Malte.

Avenue des Amandiers; boulevards du Prince-Eugène, du Temple.

Place du Château-d'Eau; rues du Château-d'Eau, de Bondy; boulevard Saint-Martin; rue du Cardinal-Fesch.

Rue de Rennes; boulevard Saint-Michel; gare de Montparnasse; rue Vavin, etc., etc., etc.

Paris. — Typ. Rouge frères et Comp.

ALMANACH

DE

PARIS BRULÉ

1872

AVEC PLAN DE PARIS

CONTENANT

L'INDICATION DES INCENDIES ET DES DÉGATS CAUSÉS PAR LA COMMUNE

Du 18 Mars au 29 Mai 1871

EN VENTE

33, RUE DE BEAUNE, 33

ET CHEZ JOËL CHERBULIEZ, 33, RUE DE SEINE

PARIS

JANVIER

Les jours croissent de 1 h. 6 m.

1	l	CIRCONCISION
2	m	s. Basile, év.
3	m	ste Geneviève
4	j	s. Rigobert.
5	v	se Amélie.
6	s	EPIPHANIE.
7	D	s. Théodore.
8	l	s. Lucien.
9	m	s. Julien.
10	m	s. Paul, erm.
11	j	ste Hortense
12	v	s. Arcade.
13	s	Bapt. de N.-S.
14	D	s. Hilaire.
15	l	s. Maur.
16	m	s. Guillaume
17	m	s. Antoine.
18	j	Ch. s. Pierre
19	v	s. Sulpice.
20	s	s. Sébastien.
21	D	ste Agnès.
22	l	s. Vincent.
23	m	s. Ildefonse.
24	m	s. Babylas.
25	j	C. de s. Paul.
26	v	ste Paule.
27	s	ste Angéliq.
28	D	SEPTUAGÉS.
29	l	s. Fr. de S.
30	m	ste Savine.
31	m	ste Marcelle

D. Q. le 3 à 10 h. 8 du soir.

N. L. le 10 à 3 h. 7 du soir.

P. Q. le 17 à 0 h. 11 du soir.

P. L. le 25 à 5 h. 24 du soir.

FÉVRIER

Les jours croissent de 1 h. 35 m.

1	j	s. Ignace.
2	v	PURIFICATION
3	s	s. Blaise.
4	D	SEXAGÉSIME.
5	l	ste Agathe.
6	m	s. Amand, év.
7	m	s. Romuald.
8	j	s. Jean, de M.
9	v	ste Apolline.
10	s	ste Scholast.
11	D	QUINQUAG.
12	l	ste Eulalie.
13	m	*Mardi Gras.*
14	m	CENDRES.
15	j	ste Georgina.
16	v	s. Elie.
17	s	s. Théodule.
18	D	QUADRAGÉS.
19	l	s. Gabin.
20	m	s. Eucher.
21	m	s. Félix, *é.q.t.*
22	j	ste Isabelle.
23	v	s. Milburge
24	s	s. Mathias.
25	D	REMINISC.
26	l	ste Paule.
27	m	ste Honorine.
28	m	s. Romain.
29	j	s. Arille.

D. Q. le 2 à 10 h. 19 du matin.

N. L. le 9 à 2 h. 1 du matin.

P. Q. le 16 à 6 h. 33 du matin.

P. L. le 24 à 11 h. 6 du matin.

MARS

Les jours croissent de 1 h. 50 m.

1	v	s. Aubin
2	s	s. Simplice.
3	D	OCULI.
4	l	s. Casimir.
5	m	s. Adrien.
6	m	ste Colette.
7	j	Mi-Carême.
8	v	s. Jean D.
9	s	ste Françoise
10	D	LÆTARE.
11	l	s. Firmin.
12	m	s. Grégoire.
13	m	ste Euphrasie
14	j	47 Martyrs.
15	v	s. Zacharie.
16	s	s. Cyriaque.
17	D	PASSION.
18	l	s. Alexandre
19	m	s. Joseph.
20	m	s. Joachim.
21	j	s. Benoit.
22	v	s. Epaphrod.
23	s	s. Victor.
24	D	RAMEAUX.
25	l	ANNONCIAT
26	m	ste Euphras.
27	m	s. Rupert.
28	j	s. Gontran.
29	v	*Vendredi S.*
30	s	s. Amédée.
31	D	**PAQUES.**

D. Q. le 2 à 7 h. 38 du soir.

N. L. le 9 à 1 h. 3 du soir.

P. Q. le 17 à 2 h. 35 du matin.

P. L. le 25 à 1 h. 53 du matin.

AVRIL

Les jours croissent de 1 h. 42 m.

1	l	s. Valéri.
2	m	s. Fr. de P.
3	m	s. Richard.
4	j	s. Ambroise.
5	v	s. Prudent
6	s	s. Célestin.
7	D	QUASIMODO.
8	l	s. Gauthier.
9	m	s. Eudes.
10	m	s. Fulbert.
11	j	s. Léon.
12	v	s. Jules.
13	s	s. Marcellin.
14	D	s. Justin.
15	l	s. Victorin.
16	m	s. Paterne.
17	m	s. Anicet.
18	j	s. Parfait.
19	v	s. Léon.
20	s	ste Emma.
21	D	s. Anselme.
22	l	s. Théodore.
23	m	s. Georges.
24	m	s. Léger.
25	j	s. Marc.
26	v	ste Espér.
27	s	s. Castor.
28	D	s. Vital.
29	l	s. Robert.
30	m	s. Eutrope.

☾ D. Q. le 1 à 2 h. 41 du matin.
● N. L. le 8 à 0 h. 41 du matin.
☽ P. Q. le 15 à 10 h. 21 du soir.
○ P. L. le 23 à 1 h. 47 du soir.
☾ D. Q. le 30 à 8 h. 30 du matin

MAI

Les jours croissent de 1 h. 18 m.

1	m	s. Phil., s. Jac
2	j	s. Athanase.
3	v	Inv. S. Croix.
4	s	s. Antoine.
5	D	Conv. s. Aug.
6	l	*Rogations.*
7	m	s. Stanislas.
8	m	s. Désiré.
9	j	**ASCENSION.**
10	v	s. Antonin.
11	s	s. Mamert.
12	D	ste Flavie.
13	l	s. Gervais.
14	m	s. Pons.
15	m	s. Isidore.
16	j	*Oct. de l'Asc.*
17	v	s. Restitut.
18	s	s. Venant. *v. j*
19	D	**PENTECOTE**
20	l	s. Bernard.
21	m	s. Hospice.
22	m	s. Emile. *q. t.*
23	j	s. Didier.
24	v	s. Donatien.
25	s	s. Urbain.
26	D	TRINITÉ.
27	l	s. Hildevert.
28	m	s. Germain.
29	m	s. Maximin.
30	j	FÊTE-DIEU.
31	v	ste Pétron.

● N. L. le 7 à 1 h. 28 du soir.
☽ P. Q. le 15 à 4 h. 15 du soir.
○ P. L. le 22 à 11 h. 18 du soir.
☾ D. Q. le 29 à 2 h. 22 du soir.

JUIN

Les jours croissent de 18 m.

1	s	s. Pamphile.
2	D	s. Pothin.
3	l	ste Clotilde.
4	m	s. Quirin.
5	m	s. Boniface.
6	j	*Oct. Fête-D.*
7	v	ste Havenne.
8	s	s. Médard.
9	D	ste Pélagie.
10	l	s. Landri.
11	m	s. Barnabé
12	m	ste Olympe.
13	j	s. Ant. de P.
14	v	s. Rufin.
15	s	s. Modeste.
16	D	s. Fargeau.
17	l	s. Avit.
18	m	ste Marine.
19	m	s. Gerv., s. P.
20	j	s. Sylvère.
21	v	s. Leufroi.
22	s	s. Paulin.
23	D	s. Andri.
24	l	s. Jean-Bapt.
25	m	s. Prosper.
26	m	s. Sauve.
27	j	s. Crescent.
28	v	s. Irénée.
29	s	s. Pierre s. P.
30	D	Comm. s. P.

● N. L. le 6 à 3 h. 33 du matin.
☽ P. Q. le 14 à 7 h. 29 du matin.
○ P. L. le 21 à 7 h. 7 du matin.
☾ D. Q. le 27 à 9 h. 37 du soir.

JUILLET Les jours diminuent de 59 m.			AOUT Les jours diminuent de 1 h. 38 m.			SEPTEMBRE Les jours diminuent de 1 h. 45 m.		
1	l	ste Éléonore.	1	j	s. Léonce.	1	D	s. Leu, s. Gil
2	m	Vis. de N.-D.	2	v	s. Etienne, P.	2	l	s. Epüce.
3	m	s. Anatole.	3	s	Inv. s. Etien.	3	m	s. Grégoire.
4	j	Tr. s. Martin.	4	D	s. Dominique	4	m	ste Rosalie.
5	v	ste Zoé, m.	5	l	s. Cassien, é.	5	j	s. Bertin.
6	s	s. Tranquille.	6	m	Transf. N.-S.	6	v	ste Reine.
7	D	ste Aubierge.	7	m	s. Albert.	7	s	s. Cloud.
8	l	s. Procope.	8	j	ste Léonide.	8	D	Nat. V. M.
9	m	s. Cyrille.	9	v	s. Firme.	9	l	s. Omer, év.
10	m	ste Félicité.	10	s	s. Laurent.	10	m	ste Pulchérie
11	j	Tr. s. Benoit	11	D	ste Suzanne.	11	m	s. Hyacinthe
12	v	s. Gualbert.	12	l	ste Claire.	12	j	s. Raphaël.
13	s	s. Eugène.	13	m	s. Hippol.	13	v	s. Maurille.
14	D	s. Bonavent.	14	m	s. Eusèb. *v. j.*	14	s	Ex. se Croix.
15	l	s. Henri.	15	j	**ASSOMPTION**	15	D	s. Nicomède
16	m	s. Eustache.	16	v	s. Roch.	16	l	ste Lucie.
17	m	s. Alexis.	17	s	s. Mammès.	17	m	s. Lambert.
18	j	s. Frédéric.	18	D	ste Hélène.	18	m	s. J. Chr. *q. t*
19	v	s. Vinc. de P.	19	l	s. Donat.	19	j	s. Janvier.
20	s	ste Marguer.	20	m	s. Bernard.	20	v	s. Eustache.
21	D	s. Victor, m.	21	m	s. Privat. év.	21	s	s. Matth.
22	l	se Madeleine.	22	j	s. Symphor.	22	D	s. Maurice.
23	m	s. Apollinaire	23	v	ste Sidoine.	23	l	ste Thècle.
24	m	ste Christine.	24	s	s. Barthélem.	24	m	s. Andoche.
25	j	s. Jacq. le M.	25	D	s. Louis, r.	25	m	s. Firmin, é.
26	v	ste Anne.	26	l	s. Zéphyrin.	26	j	ste Justine.
27	s	ste Nathalie.	27	m	s. Césaire.	27	v	ss C. et Dam.
28	D	s. Samson.	28	m	s. Augustin.	28	s	s. Céran.
29	l	ste Marthe.	29	j	D. s. J. B.	29	D	s. Michel, a.
30	m	s. Abdon.	30	v	s. Fiacre	30	l	s. Jérôme.
31	m	s. G. l'Aux.	31	s	s. Raymond			
N. L. le 5 à 6 h. 34 du soir.			N. L. le 4 à 9 h. 55 du matin.			N. L. le 3 à 1 h. [illegible] du soir.		
P. Q. le 13 à 7 h. 57 du soir.			P. Q. le 12 à 6 h. 2 du matin.			P. Q. le 10 à 2 h. [illegible] du soir.		
P. L. le 20 à 2 h. 3 du soir.			P. L. le 18 à 9 h. 3 du soir.			P. L. le 17 à 5 h. 1 du matin.		
D. Q. le 27 à 7 h. 28 du matin.			D. Q. le 25 à 8 h. 44 du soir.			D. Q. le 24 à 1 h. [illegible] du soir.		

OCTOBRE Les jours diminuent de 1 h. 46 m.			NOVEMBRE Les jours diminuent de 1 h. 20 m.			DÉCEMBRE Les jours diminuent de 27 minutes.		
1	m	s. Rémy, év.	1	v	**TOUSSAINT.**	1	D	AVENT.
2	m	ss. Ang. G.	2	s	Trépassés.	2	l	ste Aurélie.
3	j	s. Gérard.	3	D	s. Hubert.	3	m	s. Fr.-Xavier.
4	v	s. Fr. d'Ass.	4	l	s. Charles B.	4	m	ste Barbe.
5	s	s. Froilan.	5	m	s. Zacharie.	5	j	s. Sabas, ab.
6	D	s. Bruno.	6	m	s. Léonard.	6	v	s. Nicolas.
7	l	ste Serge.	7	j	s. Ernest.	7	s	ste Fare, v.
8	m	ste Brigitte.	8	v	stes Reliques.	8	D	CONCEPTION
9	m	s. Denis, év.	9	s	s. Mathurin.	9	l	ste Léocadie.
10	j	s. Fr. de B.	10	D	s. Juste.	10	m	ste Eulalie.
11	v	s. Gomer.	11	l	s. Martin.	11	m	s. Daniel.
12	s	s. Vilfrid.	12	m	s. René, év.	12	j	s. Maxence.
13	D	s. Edouard.	13	m	s. Brice, év.	13	v	ste Luce.
14	l	s. Calixte, p.	14	j	s. Vénérand.	14	s	s. Nicaise.
15	m	ste Thérèse.	15	v	ste Eugénie.	15	D	s. Mesmin.
16	m	s. Gal, év.	16	s	s. Edme, a.	16	l	ste Adélaïde.
17	j	s. Florentin.	17	D	s. Agnan, év.	17	m	s. Lazare.
18	v	s. Luc, év.	18	l	s. Odon.	18	m	s. Gatien. *q. t.*
19	s	s. Savinien.	19	m	ste Elisabeth.	19	j	s. Meuris.
20	D	s. Caprais.	20	m	s. Edmond.	20	v	s. Bernard.
21	l	ste Ursule.	21	j	Prés. N. D.	21	s	s. Thomas.
22	m	s. Mellon.	22	v	ste Cécile.	22	D	s. Honorat.
23	m	s. Hilarion.	23	s	s. Clément.	23	l	ste Victoire.
24	j	s. Magloire.	24	D	ste Flore.	24	m	s. Delp., *v. j.*
25	v	ss. Crép. et C	25	l	ste Catherine	25	m	**NOEL.**
26	s	s. Rustique.	26	m	s. Conrad.	26	j	s. Etienne.
27	D	s. Frumence	27	m	s. Séverin.	27	v	s. Jean, év.
28	l	s. Sim., s. J.	28	j	s. Sosthènes.	28	s	ss. Innocents
29	m	s. Valentin.	29	v	s. Saturnin.	29	D	s. Marcel.
30	m	s. Lucain.	30	s	s. André.	30	l	s. Sabin.
31	j	s. Quent. *v. j.*				31	m	s. Sylvestre.

Octobre :
N. L. le 2 à 3 h. 40 du soir.
P. Q. le 9 à 9 h. 13 du soir.
P. L. le 16 à 3 h. 44 du soir.
D. Q. le 24 à 9 h. 3 du matin.

Novembre :
N. L. le 18 à 5 h. 3 du matin.
P. Q. le 8 à 4 h. du matin.
P. L. le 15 à 5 h. 18 du matin.
D. Q. le 23 à 5 h. 55 du matin.
N. L. le 30 à 6 h. 44 du soir.

Décembre :
P. Q. le 7 à 11 h. 45 du matin.
P. L. le 14 à 9 h. 53 du soir.
D. Q. le 23 à 2 h. 21 du matin.
N. L. le 30 à 6 h. 45 du matin.

NOTE SUR LES ANTÉCÉDENTS DES COMMUNEUX

Le petit travail de statistique qui suit, et qui repose sur des renseignements très-exacts, vous donnera une idée des antécédents de la Commune.

Presque toutes les professions étaient réprésentées dans ce gouvernement de surprise qui a coûté si cher à Paris et à la France :

Médecins et pharmaciens : Parisel, chef de la délégation scientifique, principal organisateur des incendies ; Pillot ; Miot, vétéran de Sainte-Pélagie ; Rastoul et Régère. — Artistes : Courbet et Ranvier, peintres; Demay, sculpteur ; Arnold, Pottier et Billioray. — Journalistes (très-nombreux) : Delescluze (*Réveil*), Paschal Grousset (*Figaro*, *Marseillaise*, *Nouvelle République*) ; Jules Vallès (*Figaro*, *la Rue*, *le Cri du Peuple*); Vermorel (*Courrier Français* et autres); Félix Pyat (*Vengeur*); Longuet et Vésinier successivement délégués à *l'Officiel ;* Arthur Arnould (*Marseillaise*); Cournet ; Tridon ; Antoine Arnaud; J.-B. Clément; Jules Allix, délégué à la mairie du 8e arrondissement aux trois quarts fou.

Ouvriers : Amouroux, chapelier; Dereure, cordonnier, puis gérant de la *Marseillaise ;* Franckel (Allemand), bijoutier ; Avrial, Assi et Langevin, mécaniciens; Malon, teinturier; Varlin, relieur; Pindy et Dupont, menuisiers; Serraillier, feuillagiste; Durand, cordonnier, tous faisant partie de l'*Internationale.* — Un ingénieur, Vaillant, délégué à l'instruction publique. — Professeur, Andrieu. — Un instituteur, Verdure. — Un avocat, Protot, défenseur de Mégy, délégué à la justice. — Deux étudiants, le général Eudes et le féroce Raoul Rigault. — Deux caissiers de compagnies d'assurances, Millière et Lefrançais. — Anciens représentants : Beslay, Gambon, Malon, Tridon, Delescluze et Pyat.

Reste un assez grand nombre de ces messieurs sans profession bien avouée : Viard, inventeur du chromo-duro-phane, condamné à Lyon pour escroquerie; Jourde, délégué aux finances, qui tenait une petite boutique de cotonnade dans la rue Boissy-d'Anglas; Johannard, ex-employé de commerce du quartier du Sentier ; Combatz, expulsé pour vol de l'administration du télégraphe, etc. Je vous rappelle que tous les hommes un peu marquants de la Commune, MM. Adam, Loiseau-Pinson, Ranc et autres ont donné leur démsision dès les premiers jours ; quelques-uns, dont M. Rochefort, n'avaient même pas accepté la candidature.

Reproduction de la lettre de Victor Hugo offrant asile aux Communeux.

Bruxelles, le 26 *mai* 1871.

Monsieur,

Je proteste contre la déclaration du gouvernement belge relative aux vaincus de Paris.

Quoi qu'on dise et quoi qu'on fasse, ces vaincus sont des hommes politiques.

Je n'étais pas avec eux.

J'accepte le principe de la Commune, je n'accepte pas les hommes.

J'ai protesté contre leurs actes : loi des otages, représailles, arrestations arbitraires, violation des libertés, suppression des journaux, spoliations, confiscations, démolitions, destruction de la colonne, attaques au droit, attaques au peuple.

Leurs violences m'ont indigné comme m'indigneraient aujourd'hui les violences du parti contraire.

La destruction de la colonne est un acte de lèse-nation. La destruction du Louvre eût été un crime de lèse-civilisation.

Mais des actes sauvages, étant inconscients, ne sont point des actes scélérats. La démence est une maladie et non un forfait. L'ignorance n'est pas le crime des ignorants.

La colonne détruite a été pour la France une heure triste ; le Louvre détruit eût été pour tous les peuples un deuil éternel.

Mais la colonne sera relevée et le Louvre est sauvé.

Aujourd'hui Paris est repris. L'Assemblée a vaincu la Commune. Qui a fait le 18 mars ? De l'Assemblée ou de la Commune, laquelle est la vraie coupable? L'histoire le dira.

L'incendie de Paris est un fait monstrueux, mais n'y a-t-il pas deux incendiaires? Attendons pour juger.

Je n'ai jamais compris Billioray, et Rigault m'a étonné jusqu'à l'indignation; mais fusiller Billioray est un crime, mais fusiller Rigault est un crime.

Ceux de la Commune, Johannard et la Cécilia, qui font fusiller un enfant de quinze ans, sont des criminels; ceux de l'Assemblée, qui font fusiller Jules Vallès, Bosquet, Parisel, Amouroux, Lefrançais, Brunel et Dombrowski, sont des criminels.

Ne faisons pas verser l'indignation d'un seul côté. Ici le crime est aussi bien dans l'Assemblée que dans la Commune, et le crime est évident.

Premièrement, pour tous les hommes civilisés, la peine de mort est abominable; deuxièmement, l'exécution sans jugement est infâme. L'une n'est plus dans le droit, l'autre n'y a jamais été.

Jugez d'abord, puis condamnez, puis exécutez. Je pourrai blâmer, mais je ne flétrirai pas. Vous êtes dans la loi.

Si vous tuez sans jugement, vous assassinez.

Je reviens au gouvernement belge.

Il a tort de refuser l'asile.

La loi lui permet ce refus, le droit le lui défend.

Moi, qui vous écris ces lignes, j'ai une maxime : *Pro jure contra legem.*

L'asile est un vieux droit. C'est le droit sacré des malheureux.

Au moyen âge, l'Église accordait l'asile même aux parricides.

Quant à moi, je déclare ceci :

Cet asile, que le gouvernement belge refuse aux vaincus, je l'offre.

Où? En Belgique.

Je fais à la Belgique cet honneur.

J'offre l'asile à Bruxelles.

J'offre l'asile, place des Barricades, 4.

Qu'un vaincu de Paris, qu'un homme de la réunion dite Commune, que Paris a fort peu élue, et que, pour ma part, je n'ai jamais approuvée, qu'un de ces hommes, fût-il mon ennemi personnel, surtout s'il est mon ennemi personnel, frappe à ma porte, j'ouvre. Il est dans ma maison. Il est inviolable.

Est-ce que, par hasard, je serais un étranger en Belgique? Je ne le crois pas. Je me sens le frère de tous les hommes et l'hôte de tous les peuples.

Dans tous les cas, un fugitif de la Commune chez moi, ce sera un vaincu chez un proscrit, le vaincu d'aujourd'hui chez le proscrit d'hier.

Je n'hésite pas à le dire, deux choses vénérables.

Une faiblesse protégeant l'autre.

Si un homme est hors de la loi, qu'il entre dans ma maison ; je défie qui que ce soit de l'en arracher.

Je parle ici des hommes politiques.

Si l'on vient chez moi prendre un fugitif de la Commune, on me prendra. Si on le livre, je le suivrai. Je partagerai sa sellette. Et, pour la défense du droit, on verra, à côté de l'homme de la Commune, qui est le vaincu de l'Assemblée de Versailles, l'homme de la République, qui a été le proscrit de Bonaparte.

Je ferai mon devoir. Avant tout, les principes.

Un mot encore.

Ce qu'on peut affirmer, c'est que l'Angleterre ne livrera pas les réfugiés de la Commune.

Pourquoi mettre la Belgique au-dessous de l'Angleterre?

La gloire de la Belgique, c'est d'être un asile. Ne lui ôtons pas cette gloire.

En défendant la France, je défends la Belgique.

Le gouvernement belge sera contre moi, mais le peuple belge sera avec moi.

Dans tous les cas, j'aurai ma conscience.

Recevez, monsieur, l'assurance de mes sentiments distingués.

VICTOR HUGO.

DE L'ORDRE

Jamais plus beau mouvement n'a été exécuté avec plus d'ensemble.

SUIVANT LE VENT, LA VOILE!

A chaque quartier son numéro. Recette infaillible pour passer un siége sans monter une garde. Et puis, dame! on aime l'ordre, et on a famille à nourrir.

Bergeret lui-même.

A chacun son tour : lui, hier ; vous, aujourd'hui, demain l'autre ; faut être impartial et bienveillant pour tous afin de toujours bien vivre!

Un éclaireur
de la république.

Saint Bidon, protecteur
des Communeux.

Mon homme,
un feignant!

Ouf! l'affaire est manquée! Vite, vite, fuyons de nouveau, franchissons les mers et cherchons ailleurs des prosélytes plus intelligents.

Réquisitionnons, mes frères, il en restera toujours quelque chose.

On doit bien une visite à ses électeurs, que diable!
Courage, patience, amis! on vous redéchaînera !

La plaie du jour, ici, là, partout.

AUX TERNES
Quand ils auront fini, espérons qu'on nous préviendra.

Une perspective de la fameuse pièce ayant ouvert la brèche du Mont-Valérien.

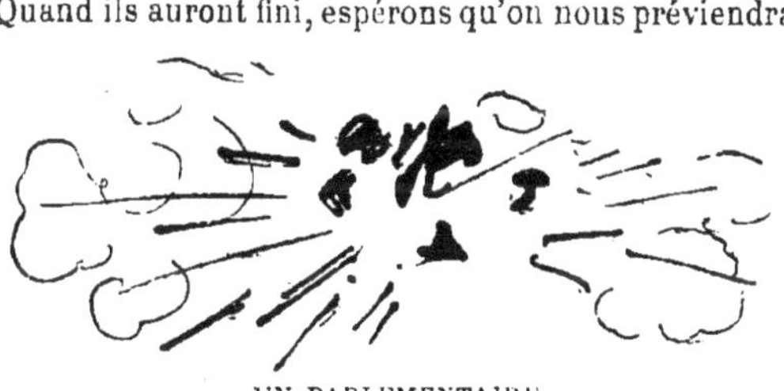

UN PARLEMENTAIRE

Sur un cheval d'omnibus de la Bastille à la Madeleine impossible de changer d'itinéraire.

Les turcos de la Commune.

Aux avant-postes, ou dans le ruisseau, connaît que ça, quoi!

PARIS RÊVÉ PAR LA COMMUNE
Commencement de nivellement social.

GÉNÉRAL DE LA COMMUNE

Manifestation contre le renversement de la colonne Vendôme, monument érigé avec un nombre incalculable de canons pris... chez le marchand de vin.

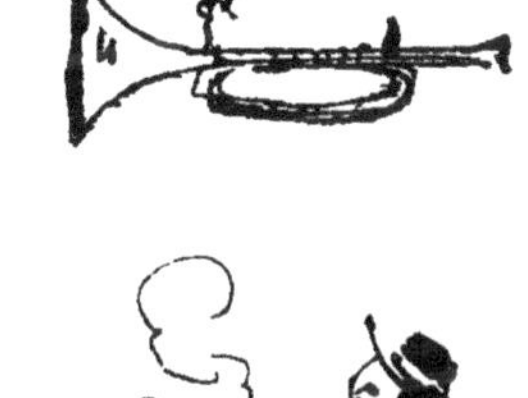

Une soirée sous la Commune.

LA COLONNE VENDOME.

C'est égal, qui diable aurait pu soupçonner qu'elle serait tombée si malheureusement..... Courbet sous son poids.

AVANT LE JURY.

Une visite de condoléance au propriétaire, ne serait-ce que pour l'entendre une fois de plus affirmer ses droits locatifs et ses principes radicalement opposés...... aux vôtres.

Versons, brûlons! faut d' l'égalité, et à not' tour, à nous, pauvres et honnêtes gens.

Si nous tranchions encore la botte! Eh! eh! eh! c'est difficile!

Paris. — Typ. Rouge frères et Comp., rue du Four-St-Germ., 43.

www.ingramcontent.com/pod-product-compliance
Ingram Content Group UK Ltd.
Pitfield, Milton Keynes, MK11 3LW, UK
UKHW021927190726
13853UKWH00002B/903